입술이 없는 심장의 소리

시작시인선 0260 입술이 없는 심장의 소리

1판 1쇄 펴낸날 2018년 5월 14일
지은이 윤수하
펴낸이 이재무
책임편집 박은정
편집디자인 민성돈, 장덕진
펴낸곳 (주)천년의시작
등록번호 제301-2012-033호
등록일자 2006년 1월 10일
주소 (04618) 서울시 중구 동호로27길 30, 413호(묵정동, 대학문화원)
전화 02-723-8668
팩스 02-723-8630
홈페이지 www.poempoem.com
이메일 poemsijak@hanmail.net

ISBN 978-89-6021-370-8 04810
978-89-6021-069-1 04810(세트)

값 9,000원

*이 책의 국립중앙도서관 출판시도서목록(CIP)은 서지정보유통지원시스템 홈페이지(http://seoji.nl.go.kr)와 국가자료공동목록시스템(http://www.nl.go.kr/kolisnet)에서 이용하실 수 있습니다.(CIP 제어번호: CIP2018014246)

입술이 없는 심장의 소리

윤수하

천년의 시작

시인의 말

집으로 가는 길은 힘겨웠다
끝없이 긴 오르막 골목 담벼락에
연필로 금을 그으며 걸었다
선이 끝날 즈음
연필은 뭉툭해졌다
날마다 새로운 선이 담벼락에 새겨졌다
나는 선에게 애틋함을 느꼈다
선을 그으며 외롭지 않고 지치지 않았다
선은 때로는 반짝이는 불빛이 되어
어둠 속의 보이지 않는 길을 일러준다
생의 궤적,
사람은 자신의 흔적으로 산다

차 례

제2부

제3부

제4부

해 설

제1부

자장가

내 몸이 내 것일 때
몸이 기억할 수 있는 모든 사물을 흡수한다.
그러면 가까운 미래에 내 몸이 내 것이 아닐 때
몸은 기억나는 사물들 틈으로 스스럼없이 스며들 것이므로
그러면 내 몸은 바람 부는 언덕
서 있는 내 아이의 뺨을 어루만지는 바람이 될 것이고
손끝에 닿아 부서지는 물결이 될 것이고
발가락을 간질이는 물결 속에 떠오르는 나뭇잎이 되어
옷자락에 묻어 다시 집으로 돌아오기도 할 것이다.

그렇게 알지 못하는 사이
뜨거운 사랑이 다시 시작되면
돌나무바람햇빛물결
눈치챌 수 없이 생명 없는 목숨이 되어
숨 없는 숨을 죽이며
내가 낳은 아이가 아이를 낳고 그 아이가 또 아이를 낳고 또 낳은 아이가 아이를 또 낳고 그 아이가 아이를 또 낳을 때까지 바라볼 것이다.
침을 꼴깍꼴깍 삼키며
쓸어 삼키듯 바라볼 것이다.

씨앗

손톱 밑에 걸린 씨 속에

광활한 어둠
행성과 행성 사이
신이 살지 모르는 신비의 강
빛으로 이루어진 영혼의 세계
공허한 구름이 뭉쳐진 하늘
새 떼가 이동하는 보이지 않는 선로
한꺼번에 푸르렀다 어두워지는 숲
미친 듯 푸름과 뒤섞이는 붉은 태양빛
너와 내가 헤어지는 순간
뛰어 가로지르던 길
롤러스케이트장에 찍히던 둥근 궤적
눈물이 떨어지던 손등
그 순간
잃어버린 순간

보이지도 않게 감쪽같이
들어와 뭉개지고
없던 것이 된다.

눈을 감았다 떴을 뿐인데
티끌 같은 침묵 속에
싸악 숨었다.

흔적

처마 밑에 서 있자니
황토 흙 파인 곳이 보인다.
떠내서 그릇으로 써도 될 만큼
단단한 자국
물이 고이고
그 위 별이 뜨고
새가 주둥이를 갖다 대고
햇빛에 마르고
벌레가 빠져 허우적거리며
단단해진 흔적
파인 흔적

사랑도 그러하리.

가면의 힘

호랑가시나무가 양편 시야를 가린
끝없는 미로
흰 암말처럼 뛰고 있었어.
하늘까지 치솟은 벽
벽 너머 어디선가
파도 소리가 들리고
사람들이 웃는 소리가 들리는데
두 개의 태양은 지지 않고
나는 끝없이 달렸어.
살점이 조금씩 떨어져 나갔어.
떨어져 나간 살점은 가시에 박혔어.
뼈만 남아 부딪혀 딱딱거리는데
나는 왜 슬프지 않았을까.
분명 나는 나를 잃은 것 같았는데

허물어지다

누군가 누웠을 방 자리에 서 있자니
구겨진 창틀에 쥐 한 마리 지나간다.
한쪽씩 허물어지는 빈집
틈틈이 자리 잡은 다리 많은 벌레들이
낯선 불청객이 뿌리는 시선에
맨살 숨기느라 정신없는 봄 낮

저 홀로 흐드러진 벚나무 가지가
부러질 듯 내려앉아
바람이 불 때마다
꽃잎을 뿌린다.
집의 숨결이었을 누군가를
내내 기다리며 지키고 있는
조용한 한숨 속에
안개 같은 영상이 펼쳐진다.
깨진 독아지가
볼록 배를 드러내고
널브러진 세숫대야에 물이 찰랑거리고
금 간 유리문을 드르륵 열고
어린아이 하나가 엄마를 부른다.

닳아 뭉툭해진 마루
빗물에 내려앉은 서까래가
녹슨 지붕에 고인 빗물이
그 장소에 담겼던 그들을 그리워한다.
세월에 허물어지면서 그것들은
마음을 품을 줄 알았구나.
집도 눈물이 있다.

무심코

골목을 돌아서다
그냥 아쉬울 때가 있다.
이유가 뭔지 생각하며
오랫동안 서 있지만
떠오르지 않을 때
갉아먹힌 시간.
허물어진 벽만 남아 바스러진 자리
바람결에 흘러가는 존재의
흔적을 발견할 때가 있다.
골목을 따라
오래된 담장을 돌아
포플러 나무 몸뚱이는 잘려 나가고
둥치만 남은 그 자리
묻어놓은 편지는 땅속으로 사라졌는데
잃어버린 향기가 꽃잎을 타고
발치에 떨어질 때가 있다.
원인을 알 수 없는 눈물이
끊임없이 흘러내릴 때가 있다.

떠도는 피

당신은 허공, 우울한 내 기억에 총탄을 쏜다. 눈부신 환상 속에서 섬광 같은 옷자락을 본다. 망각의 바다 어딘가 가느다란 실낱같은 기억들이 핏줄 속에 숨어있다가 토마토가 열린다. 두근거리는 토마토는 바다를 품고 있다. 당신은 어디에도 없다. 바다는 깊이를 알 수 없이 짙푸르게 출렁거린다. 해가 지자 붉은 노을이 바다 위를 뒤덮는다. 당신은 멀리 있고 나는 당신을 만난 적이 없다. 나는 동그란 흉터를 품고 산다. 눈물이 가슴에 떨어져 칙칙 소리를 내며 불탄다. 빙산과 같은 마음은 결코 녹지 않는다. 파란 나비들이 날자 해가 진다. 붉은빛은 검푸른 바다를 덮친다. 사람은 파란 핏줄 속에 붉은 피를 담고 있다. 하지만 마음은 몸속 어디에도 없다. 바다와 해가 섞이자 보랏빛 세상이 되었다. 피는 몸속을 떠돌다 다시 세상을 떠돈다. 당신을 잃고 싶지 않다. 나는 태어난 적도 없다. 죽지도 않을 것이다.

자전거

오래된 그림 속에
자전거가 하나 서 있어.
바퀴가 녹이 슬어
땅에 스며든 자전거
타고 스쳐 지났을 풍경만 남았지.
숲, 바람의 냄새
옷자락에 스며들어
뒤에 탄 내게 풍겨오곤 했어.
숨결도 고르지 못한 채 나를 태우고
어디든 떠날 듯 나서던
외투를 뚫고 들리던 심장 소리.
삼천리자전거 마을 어귀에 세워두고
그는 떠났어.
막걸릿집 창에 기대 불러주던 노래도
세월과 함께 유행이 지났어.
그도 세상 속에 스며들었어.
생명이 있는 것은 그리워해.
생명이 없는 것들도 흔적이 있으면 그리워.
숲이, 자전거가, 바람이
떠돌다 그리운 자리로 스스로 돌아가.

기억은 물처럼 고였다 흘러가고
몸이 세포가 원자가 시간과 공간조차
그리운 자리로 되돌아가.
하늘의 행성이 빛날 수 있는 것은
수천 광년이 떨어진 거리에서도
서로를 향하는 마음을
잃지 않기 때문이지.

숲 옆 길갓집

강물 속에 오랜 세월 깎인
돌멩이가 들어있습니다.
해 질 녘마다 들여다보고
집에 가곤 했습니다.
나는 당신이 없는 집에서 살아가야 합니다.

은사시나무들이 울어젖힙니다.
가을은 성큼 다가와 앉습니다.
나무는 피 넘어오도록 웁니다.
술을 마시다 나도 따라 웁니다.

당신을 보았던 내 눈은 남을까요.
가슴에 남았던 당신의 숨결과 웃음은
어디로 날아갈까요.
집을 뜨지 못하고 오랜 세월 떠돌던
돌멩이에 나를 묶어
강물 속에 넣어둡니다.

흔적 남은 내 몸이
먼지가 되어 떠돌아다닐 때

언제가 이곳을 지나게 되면

어디서 본 듯한

강물의 출렁임에 고개 돌리라고요.

목이 쉬어 우우거리는

은사시나무가 지켜봅니다.

통로

어릴 때 가끔 콘크리트 하수관에
웅크려있곤 했다.
그곳은 태어난 자궁 속처럼 따뜻했다.
내 숨소리만이 들려
진정 살아있음을 느끼는 그곳
도둑고양이처럼 몸을 웅크리고
동그랗게 오려진 하늘과 숲 사이
흐르는 바람을 보았다.
형체가 없어도
나뭇잎을 일그러뜨리는 바람은
골고루 새들의 비명을 뿌려놓았다.

저승으로 넘어가는 순간
돌아가신 어머니께 등 떠밀려
다시 돌아왔다는 자가 말하길
천국이 환한 빛으로 이뤄졌다고 한다.
하지만 아마도 그것은
수억 수백억 수천억 모여 입체를 이룬 몸이
분해되어 흩어지기 전
베푸는 배려

마지막 감각의 향연일 것이다.

흙 위에 손대면 느껴지는 맥박
땅은 나와 연결된 지도
삶과 죽음의 통로를 통해 세포는
별처럼 하늘에 뿌려진다.
형체를 잃고 흩어진 몸은
우주 어딘가 뿌리를 내려
새로운 몸을 이루고 산다.

마음

내가 만들어지기 위해
수없이 많은 내가 세상을 살았다.
꽃 한 송이가 피기 위해 그렇듯.
나비 한 마리가 한 계절을 살기 위해 그렇듯.
세상은 죽어도 끝이 아니다.
모든 것은 다 궤도가 있다.
마음이 그렇듯.

잎

사랑 앞에서 그러하리.
아프고 절절하리.
태풍의 눈처럼 휘몰아치는 정점
소낙비처럼 쏟아붓기도 하고
퍼붓는 눈발 속에서도
통증도 없이 흘러가는
시냇물 속의 이파리처럼
그렇게 세월을 따라 흐르며
점점 닮아져 가리.
부딪히고 깎여
굴곡진 삶 속에서도
결코 버릴 수 없는 기억을 끌어안고
그렇게 흘러서 가리.

당신의 형상이 새겨지고
나의 형상이 되어서.

골목

집으로 돌아오는 골목에
살던 큰 개는
나만 보면 이빨을 드러내며 짖었어.
나는 죄도 없이
벌벌 떨면서 뛰다가
오줌 지리고는 했는데
아무에게도 말하지 못했어.
개는 알지도 못하는데
말하면 개가 물어뜯을 것 같았지.
오랫동안 악몽 속에 존재했지.
수십 번도 더 찌르는 상상을 했어.
어느 날 개가 그 자리에 없는 거야.
지나는 사람이 말했어.
개는 칼에 찔려 죽었다고.
그때부터 나는 찌르는 악몽에 시달렸어.
개보다 내가 더 무서웠어.

목숨

내가 내 안에 담겨 있을 때
나는 나를 볼 수 없다.
내가 볼 수 있는 것은 너
하늘과 산, 구름, 별, 바다
커피 잔 속에 담긴 커피
역사가 새겨진 책
스쳐 지나는 사람들의 미소
꽃들을 흔드는 바람의 여운
내 몸이 나일 때까지 보이는 것들
내가 물처럼 흘러가게 되면
그때부터 나는 네가 된다.
볼 수 있는 것에서
보여지는 것으로
그러므로 나는 내가 아닌
세상이 된다.

최면술사

네가 살던 세상을 잊어.
이제부터 새로운 세상을 보여 줄게.
모든 것을 잊기에 너무 멀리 왔지.
행복은 약속으로 생산될 수 없어.
숲, 나무
모퉁이 카페
기대어 울던 금 간 벽
벽시계
밑에 놓인 분홍색 의자
올려둔 식은 커피

그는 소곤거리며
차분하게
주문을 걸었고
나는 나를 잃었다.
시간은 걷던 길에서 멈춰
회오리바람에 휩쓸려 떠내려갔고
나는 기억이 시작되었던
기슭으로 거슬러갔다.
그는 딱딱,

소리를 내어
나를 불렀다.
그러나 나는 깨어나지 않은 채
눈을 감고 있었다.

너무나 아프고
슬프고
찢어지는 순간이었지만
그래도 그 순간에
다시 서 있고 싶어.
잃어버린 것들과
함께하고 싶어.
나무와
새와
인형과
죽어버린 사람들

그는 내 의식이 어디까지 갔다 왔는지
알지 못했다.
그가 듣고 싶었던 기억의 언저리는

이미 내가 아닌 무언가가
삭제하고 있었다.
그는 얼굴을 갉아먹힌 인형처럼
공허한 자세로 굳어있었다.
나는 그의 손가락을 하나씩 부러뜨렸다.
밀랍처럼 굳은 손가락은
바닥에 떨어지며 유리컵 소리를 냈다.
어두운 방에
그를 놔두고
문을 잠갔다.
방문에 귀를 대니
아직도 그는 작은 소리로 읊조렸다.
새로운 세상을 보여 줄게.
네가 살던 세상을 잊어.

돌아오는 길, 흐르는 강물에
열쇠를 던졌다.
그러자 깊고 푸른 강물이 부글거리며
노란 풍선이 떠올랐다.
풍선은 수백 개 수천 개로 불어나

강 위를 뒤덮었다.
나는 강으로 뛰어들었다.
사람은 기억이 아니다.
사람은 기억이 아니다.

제2부

욕망은 가시가 있다

닿을 듯한 거리에서 파랗게 빛나는 별이 있었다. 그 빛을 품고 싶어 팔을 뻗곤 했지만 결코 가질 수 없는 빛이었다. 어느 날 욕심껏 내뻗은 손이 그에 닿아 쥐어지자마자 꾸역꾸역 집어삼켰다. 형체는 구불거리는 내장 속으로 스멀거리며 흡수되었다. 몸속에서 부서져 얼어버린 빛은 도사리며 자라났다. 빛은 소멸하지 않고 숨어 때를 기다리는 듯했다. 그것이 퍼렇게 달구어지는 밤이면 개똥벌레처럼 발광체가 되어 소리 지르며 날아다녔다. 벽에 몸이 부딪쳐 부어오르고 끓어오르던 욕망이 사그라졌다. 파리약 맞은 것처럼 팔다리를 파르르 떨며 바닥에 내동댕이쳐지고 그제야 사랑이 완성되었음을 알았다. 나는 모래바람이 부는 언덕에서 있었다. 내 것이 아닌 빛을 품은 채.

흔적은 기억해

햇빛을 받은 먼지가
환영처럼 날리는 모서리 벽면에
커다란 그림이 걸려 있었어.
시간에 갇힌 듯
주렁주렁 달린 거미줄
겨울 늪을 닮은 잿빛 눈동자가
잠깐 반짝였지.
햇빛은 고요히 물결치는
끈끈한 점액질처럼
틀에 갇혀 출렁거렸고
열대어처럼 파닥이는 몸이
잠깐 살아있는 듯했어.
벌어진 빨간 블라우스
야릇한 포즈로 다리를 들어 올려
스타킹 윗부분 살이 드러난 채
누군가를 향해
웃을 듯 말 듯한 그 표정은 마치
오래 고여 썩어가는 물처럼
다 준 것 같지만
모자란 것 같은 마음이 실은

원래 내 것이 아니었기 때문.

자꾸만 밀어내고

기억을 없애고 싶어도

잠식하는 바이러스처럼

몸이라는 공간은 흔적을 기억해.

그 여자 이름이 발리라던가.

마이미스트

이른 새벽 마당으로
새가 날아들었어.
어린 나는 신비한 새의 날갯짓을 훔쳐보았어.
행여 날아갈까 가슴 조이며
새의 등은 코발트블루로 빛났어.
어두운 수풀 그늘에서도
눈에 띄는 새의 날개는
숨길 수 없는 마음 같았지.
누구를 향하는 마음이 그토록
환하고 선명했을까.

엄마는 집을 나갔어.
구겨진 편지처럼 버려져
하염없이 배가 고팠어.
책상 밑에 숨어
쥐처럼 허겁지겁
땅콩버터를 퍼먹었어.
달콤하고 느글거리는 식감이
배 속에 눌어붙을까 걱정됐지.
밥과 영혼은 정비례해.

수없는 다리를 흔드는 그리마가
온몸에 달라붙어서
몸뚱이가 타버리지 않는 이상
마음을 먹어치울 것 같았지.

인생은 가시밭길이고
사랑도 다 거짓말이야.
피딱지가 붙은 입술
허공에 걸린 거울 속에 붙은
정교하게 쪼개진 마음.
몸은 사랑을 기억하지만
마음은 밥에 가 있어.
밥풀에 엉겨 붙은 심장이 말해.
입술이 없는 심장의 소리는
아무도 들을 수 없어.

몸을 웅크린 채로
시간이 흘러가도록 버려두었어.
나비의 수명은 한 계절이야.
기면서 한 계절

매달려서 한 계절

흉측한 몸을 비우고 바꿔

겨우 보름을 날아

그래서 나비의 날갯짓은

소리를 뱉지 않고도

시간을 전달하는

꼭 그만큼이야.

나는 입술에 지퍼를 달았어.

말은 침묵 속에 갇혔어.

묵은 헤비메탈을 들으며

웅성거리는 소리에 뒤섞여 희미하게 들리는 Goodbye to Romance, 타버린 손가락은 옛 가락을 잊었어. 유리문 앞에서 시들어가는 제라늄. 최루탄 연기를 뚫고 학교에 가면 얼룩말 무늬 오래된 기타를 품고 어루만지던 제라늄 향기의 당신이 있었지. 순결한 테스의 입술, 당신이 있었지. 세상의 모든 빵 냄새를 품은 눈동자, 당신이 있었지. 밖에서는 사람이 죽어가는데 버터처럼 부드러운 손가락으로 시간을 녹이곤 했지. 전쟁터에 날아다니는 나비, 당신 앞에서 나는 프라이팬 위의 버터처럼 녹아내렸지. 걸레처럼 너덜거리는 발가락. 눈이 와도 눈 위를 걸을 수가 없었어. 강력 샴푸로도 지워지지 않던 최루탄 냄새, 피 냄새, 고함 소리, 당신은 웃으며 내 머리카락을 한 가닥씩 뽑아냈지. 대머리가 된 나는 벌거벗은 머리통에 피를 흘리며 그렇게 떠나왔어. 언제 왔는지 모르게 그렇게 밤이슬처럼 몰래 가발을 쓰고 몸에 밴 냄새를 지우고. 갓 구운 빵 냄새가 하늘거리는 마트 안에서 버터처럼 녹아내리는 Ozzy.

내 곁에서

바람이 숨을 고르고
꽃잎을 무너뜨릴 때
가만히 어깨에 손을 얹어
내 곁에 와 앉으라 한다.
그러면 바람은
고운 숨결을 불어
살아온 날들을 일깨워 준다.
아버지 무릎에 앉아 받아먹던
숟가락으로 긁은 사과 속살
눈물이 거울 속에 맺힌다.
꽃이 피고 지는 게 순간이다.
바람의 숨결을 맡으면
온갖 향기가 다 실려 온다.
사람들 사이 부딪히며
살기 위해 버둥거린 흔적
빈집에 자두나무 한 그루
구겨진 양동이에 물이 한 사발
그 위로 얼굴들이 떠있다.
나무는 꽃잎을 떨군다.
한동안 아버지가 살아서

돌아오는 꿈을 꾸곤 했다.

언제 그랬냐는 듯

다녀왔어, 하면서 마루에 앉는 꿈

나도 그렇게 마루에 앉겠지.

내가 아버지 나이가 되었는데.

사람은 바람 속을 떠도는 먼지

먼 산 위 가장 높은 가지

새의 깃털 속에서

가만히 숨죽여

사람 구경하게 될

그 언젠가

슬픔은 깃털이 있다

네가 도발을 한 후
발칙한 상상이 뇌리에서 떠나지 않았다.
심지어 첫 경험의 피를 흘리곤 했다.
내내 그렇게 꿈을 꾸다
피가 다 빠져 미라가 될 것 같았다.
하지만 일생을 눈보라 속에 산다 한들
손바닥 발바닥에 못이 박혀
허공에 걸린다 한들
말을 잊기는 힘들 것 같다.
대상이 아닌 언어를
내가 아닌 네가 적어놓은 나의 이미지
그것은 무지갯빛 비눗방울
잡으면 팡팡 터지다가도
부글거리는 흔적을 남겨
또다시 거품이 일게 만들었다.
나는 문득 깨달았다.
사람은 날지 못한다.
사람은 태어날 때부터 매달린
점점 커져 가는 추 때문에
그 자리에 못 박혀 있다.

용기를 내어 도끼를 가져다가
이어놓은 쇠사슬을 끊지 못한다.
그래서 허공에다 헛손질을 하며
날려고 아등바등대다가 목 매달린다.
세상에 떠다니는 수많은 바이러스 때문이 아니라
날지 못하는 화병으로 죽고 만다.
그래서 나는 너에게 갈 수 없다.
이만 끝.

벽 안의 물고기

어둡고 긴 통로를 더듬다
손가락 끝에 날카로운 모서리가 걸렸다.
침묵 속에 반짝이는 그것은
사금파리처럼 고유한 울림을 갖고 있었는데
피가 고이는 지문 사이 익숙한 냄새가 묻어났다.

오래전 벽 속으로 들어갔던 나
벌린 주둥이에 이빨을 드러낸 채
화석이 되어버려서
벽 틈에 손을 넣어 빼내 보려 했으나
박혀 버린 몸뚱이는 빠지지 않고
피가 철철 흐르는 손은 저리고
꺼내려 애쓰다
벽 속으로 빨려 들어간다.

빠져나올 수 없는 벽 속
작은 우물과
꼬물거리는 플랑크톤, 장구벌레
눈 푸른 새끼 물고기 몇 마리가
벽 속이 세상 전부인 양 물장난을 치고 있는데

그곳에 남겨 두고 벽을 뚫고 나오려다
척추가 휘어 시멘트 균열에 낀 몸.
눈은 남겨진 새끼를 보느라 뒤로 돌아갔고
몸이 부서지는 고통, 머무른 상태로 화석이 되어

문제는 벽이 아니라
힘이야.
벽을 뚫으려면 갑옷 같은 몸뚱이가 있어야 해.
바위에 처박아도 피 흘리지 않는 냉정한 대가리,
몸이 찢기는 고통 속에서도 아랑곳없는 피부,
제일 중요한 것
눈알을 빼두고 와야 해.
보이지 않는 것은
마음에 없는 것이므로.

체취

사냥꾼들은 수풀에 숨어
도둑고양이처럼 세상을 엿본다.
들짐승에게 들키지 않으려
달포 넘게 비누도 치약도 쓰지 않는다.
문명의 냄새가 몸에 배어
그 분자가 바람을 타고 흘러가면
들짐승은 귀신같이 알아내고
광폭한 문명을 피해 달아난다.
뭐든 죽이려면
동정의 흔적을 남기지 말아야 한다.
야비한 야수의 목적은
남들보다 먼저
살아있는 것의 멱을 따는 것이다.
그래서 고기를 나누고
비밀리에 간이며 콩팥이며
거래를 하는 것이다.
그 아름다운 짐승이
어떤 강물을 마시고
족속을 거느리고 있으며
어떤 숲을 거닐었는지는 중요치 않다.

얻기 위해서 오로지
그것이 되어야 한다.

안과 밖

어느 날 바람을 타고
날아온 꽃씨가
프로펠러처럼 빙빙 돌아
오래된 나무 아래 떨어졌다.
계절이 바뀌고
단풍나무 싹이 돋았는데
오래된 나무는 그곳을 돌아서
몸을 틀기 시작했다.
햇빛과 물과 바람을 양보했다.
단풍나무는 속절없이 자라 무성해졌다.
온몸이 꼬인 채 늙어가는
나무의 앞을 가리고
피처럼 붉은 잎을 펼쳤다.
오래된 나무는
노을보다 붉게 물들이는 재주에 감탄했다.
단풍나무는 감정도 없고
말도 없었다.
그저 새로운 단풍나무였다.
몸이 꼬여 풀지 못하고
태풍이 몰아칠 때마다

큰 가지가 하나씩 부러지는
오래된 나무는
역시 사는 방식을 알았다.
세상은 한 번이고
사는 것은 재생이 없다.
그래서 내게 없는 것은
만드는 게 나은 것이다.

반성

사람을 틀 속에 넣고 찍어 내려 하다니.
그럴 수가.
회초리를 휘두르며 악다구니를 쓰는
그 입에서 튀어나오는
수만 마리 박쥐가 하늘을 더럽혔어.

나는 악몽에 시달렸어.
숨 쉴 시간도 없이 써대야 하는
백 장짜리 반성문을 쓰다 보면
내장은 꼬이고
롤러코스터 타는 아이들이 보였어.
휘갈긴 글자처럼 눈이 내리고
맑았던 핏줄은 동맥경화로 막혀.
얼어붙은 길에 줄줄이
늘어선 차들처럼.
흡수되지 못한 눈물이 다리를 타고 내려와
발등을 적시고 다시 발가락을 타고 흘러.

면과 면
일생 동안 만나야 할 종잇장

놀라운 내면의 만화경
허공을 떠도는 파리들과의 눈 맞춤
손가락이 붙어버리는 공포
다시는 떠도는 꿈을 먹지 않을 거야.
달콤함에 중독되면
내장이 썩는 것도 모르는 거야.
핏줄의 도사리는 끈적거리는 감각은
머릿속까지 머무는 거야.

거기 서서 나를 봐.
그러면 휘돌다 멈춰 선 솜사탕이 보여.
날아온 표창에 숭숭 뚫린 가슴으로
꿈꾸던 언덕에 서서
조금씩 녹아가는.

사물

빛이 갇혔다.
몸을 꿈틀거린다.
빛의 입자는 끈적이는 고형물
몰려왔다 몰려간다.
입자는 한 몸일 수 없고
떨어질 수도 없다.
뒤엉켜 주먹질
눈을 흘기는
철망에 갇힌 개.
모든 사물은 몸속에 스펙트럼이 있다.
하지만 빛을 낼 수 없다.
반사만이 빛을 살릴 수 있다.
웅크렸던 입자들이 기지개를 켠다.
작은 공간에 갇혔던 입자
바깥으로 퍼져나간다.
산란하는 입자를
제 몸으로 받아
세상에 돌려주는 것은
한때는 하나의 형상이었지만
부서져 발길에 차이던

손톱만 한 유리 조각.

물질 속에는 꿈이 있다.

흩어져도 사라진 것이 아니다.

몸속의 거미

책 틈에 커피를 흘렸다.
온종일 그것을 닦느라 뒤졌다.
그러나 그림자처럼
어딘지 자꾸 스며들었다.
검은 방울은 흩어져 번식했다.
검고 기다란 다리를 휘휘 저어
수십 수백 마리의 똑같은 형상이
누워있는 내게로 모여들었다.
소리를 질렀지만
비명은 목구멍에 잠겨 나오지 않고
큰 놈이 선두 지휘하자
거미들은 구물구물
몸에 난 구멍으로 기어들었다.
깨어나도 여전히 선명한 기억
털어내기 위해 정신없이 달렸다.
물속에 빠지기도 했다.
그러나 어느 순간
지구의 숨소리가 들리기 시작했다.
지구의 공전을 듣는 것은 거미뿐
어쩐지 내가 사는 게 아니라

스며든 거미가 내 생을 사는 것 같지만 그래도
내 속에서 붕붕대는 똥파리를
투명한 투망으로 걸러내어
말려 죽일 것 같은 거미의 흡인력에
감탄하는 나는 그저 잉여에 불과했다.

저녁 바람에 젖어

봄이 오면 나는
어딘가 살고 있을 너에게
편지를 보내.
고요히 눈을 감고
바람의 향기를 맡아.

발끝으로 돌멩이를 툭툭 차며
네가 이별을 고했을 때,
시궁창 썩은 물처럼
나는 고여버리고 말았어.
그때 열여섯인데
벌써 앙심을 품었어.

마음속 복숭앗빛 향내
뿜어내지 못한 채
시들어버린 사랑.
눈물은 검게 세상을 물들이고
시궁창 속에 누운 들쥐처럼
너를 뭉개고 밟아버리고 싶었어.
사랑은 뽑기 기계 속

플라스틱 보석 반지
고아원 담장에 널브러진
고양이 사체처럼 눅눅한

천국보다 낯선*

하늘이 쩍쩍 갈라지는 소리를 낸다.
파편이 된 그것이 몸 위로 쏟아져 박힐까 봐.
숨죽여 죽은 척하고 있다.
순식간의 공포에 눈 뜰 수 없어
기다리자니 그사이
하교하는 아이들이 웅성거리며 지나고
스쿠터 소리가 부산하게 지나고
집에 가는 여자의 또각거리는 하이힐 소리가 지나고
노을이 지고
하루 이틀 사흘 일주일 한 달 일 년

피부가 늘어지고
핏줄은 좁아지고
맥박 수가 느려지고
내장 기관이 낡아서 펌프질 속도도 줄어들고
그래서 나는 더 이상
내 존재를 찾을 수 없게 되었다.
어쩔 수 없이 눈을 감고

다음 생이 돌아오길 기다릴 수밖에 없었다.
잔디에 누워 눈 감고 있는데
갑자기

* 「천국보다 낯선(Stranger Than Paradise)」: 짐 자무시 감독의 1984년 작 영화.

사금파리

고통을 못 견뎌
목숨 끊으려 아래를 본 이
적지 않을 것이다.
해변을 걷다 보면
은빛 모래 속에
오래 닳아진 사금파리가
파도를 둘러쓰고
동화처럼 빛날 때가 있다.
모래알 같은 세월
파도 같은 시간이
갈고 닦아서
고통에 연마되어
살이 드러나면 그제야
처음 세상을 나서던
수줍은 존재가 드러나게 된다.

제3부

물들다

잃어버린 것을 찾으러 역 앞에 갔어. 맑은 날씨에 아무렇게나 접은 우산을 든 소녀가 파르르 떨고 있었어. 반팔 블라우스 납처럼 하얀 팔에 핏방울 한 줄기가 흘러내렸어. 옆에 섰던 남자도 파랗게 질려있었는데 나는 어떻게 해야 할지 몰라 그 얼굴을 가만히 들여다보았어. 세상과 연을 끊은 얼굴에는 공포만이 살고 있어서 괜찮냐는 내 목소리는 수신거부되어 되돌아오는 거야. 그때 무당벌레 한 마리가 얼굴에 붙었지. 벌레가 날아오르자 소녀는 작고 빨갛게 반짝거리는 신호를 따라갔지.

태어날 때 사람은 색을 볼 수 없어. 색을 보려면 학습이 필요해. 색상표를 놓고 엄밀히 따져보면 네가 보는 색과 내가 보는 색이 다른 거야. 같은 범위에서 피와 하늘이 구분된다는 거지. 같은 꿈을 꾸어도 보는 색이 다르듯. 본능이 살아날 때 비로소 색은 제자리를 찾아가. 스펙트럼이 학습되는 거야. 네가 가버린 후 색을 잃었던 것들이 색을 찾아 돌아오듯.

떠돌다

쓰레기장에서 너를 주웠지. 일으켜 세워도 눈알 한쪽이 자꾸 감기는 때 묻고 해진 옷을 입은 나의 천사. 쫓겨나 거리를 헤맬 때 품 안에 넣은 너에게 말을 걸었어. 그렇게 나는 휘몰아치는 세월을 견딜 수 있었어. 이 상자에서 저 상자로 옮겨 다니다 어딘가로 흘러 스며버린 너의 형상이 허공에 걸릴 때가 있어. 잉크를 부어놓은 것처럼 젖어 드는 절망스러운 밤이 손가락 마디를 부러뜨려. 나는 비명을 지르며 라면 가닥을 삼켜. 엉켜 한 덩어리가 된 너의 머리카락이, 금발이었는데 떡이 되어버린 그 화학섬유 덩어리가 목구멍에 걸려. 나는 너를 잃고 이렇게 슬픈데 너는 바람 속으로 하늘 속으로 강물 속으로 떠돌아다니고 있겠지. 내가 그렇게 떠돌다 내가 된 것처럼. 너는 순수한 물질이 되어 소의 혓바닥을 뒹굴지 몰라. 그래, 그렇게 떠돌다 천만 년쯤 후에 다시 만날지 몰라.

그 여자

커피숍 웨이터로
세상을 떠돌며 살던
여자 화장실 앞에서 서성거리다
남자 화장실로 들어가던
비 오는 날 창밖으로
고갤 내밀고
지나는 사람을 구경하던
구부정한 어깨
털이 수북한 다리
과시하듯 겨울에도 반바지를 입고
거뭇한 코밑수염을 밀지 않던
주사를 맞으러
서울 갈 때마다
588 판잣집에 혼자 들어가
옆방에서 나는 소리
숨죽여 듣던
그 여자

해 질 녘의 대화

흰둥이 한 마리가
항시 같은 자리에 앉아있다.
길 가운데 철퍼덕
가랑이를 벌리고
불어터진 젖퉁이를 늘어뜨리고
차들이 지나가도 천하태평
지나칠 때마다 차 문을 열고
버럭 소리를 지른다.
그러면 땅을 옮기듯 그 무거운 걸음은
일 미터쯤 위
부서진 유리창
문짝도 없이 스러져가는
언덕배기 집으로 향한다.
어느 날인가 그 자리
부서져가는 노을 속에서
대화를 나누는 그림자를 보았다.
붉고 환한 빛 속에
형체는 분명치 않았지만
그들은 다정히 도란도란 얘기를 나누었다.
혹 그렇지 않을 수도

분명 그렇게 들렸지만
박스를 하나 가득 쓰러질 듯
때 묻은 유모차에 싣고
쓰러질 듯 위태하게 섰던
구부정한 할머니가
개와 진지한 하루 이야기를 나누고 있었다.
하루 벌어 하루 사는 사람이지만
동물과 대화를 나누는
신기한 힘이 있음이 분명했다.
세상에 이런 일이
훗,
개는 웃으며 할머니와
다 쓰러져 가는 집으로 들어간다.

세기 후라이드 볼트

삼례시장 갓길에 낡아 터덜거리는
파란 트럭 한 대가 서 있다.
세기볼트
갈색 털 휘날리는 닭집 앞
살덩이 튀겨대는 냄새가 한창이다.
볼트 낱알 하나하나
저마다 흩어져 짝을 잃은 채
냉정한 시간을 보내고 있겠지.
누군들 차갑게 지내는 시간이 달가울까마는
세상은 고독을 사료 주듯 던져주고 있다.
만나고 뭉쳐지면
단단히 조여지고
맞물려진 조직은
분리할 수 없이 거대한 덩어리를 만들어내
닭들이 시름없이 튀겨지고
후라이드에 길들여진 입맛이
날것을 거부하듯
그렇게 분산된 감각은
저마다 흩어져
제정신을 찾기가 힘들어진다.

왜냐하면 분자와 분자 사이에 끼어든
후라이드용 믹스 기름은
선정적 욕설, 핏대 세운 목, 삿대질 집어삼키고
철저히 실용화된 공정을 거쳐
닭들이 집을 잃은 채
제 몸만 한 독방에 갇혀 살다 생을 마감하든 말든
분노의 기억을 갖춘 쓸쓸한 미감
그래서 어쨌건 볼트를 조인 차들은
신호가 바뀌자
제 갈 길 찾아 떠난다.
이유가 어땠건 후라이드 치킨 한 덩이씩
차 안에 던져 넣고

미각의 생生

이 층인지 삼 층인지 알 수 없는 곳에서
흠씬 두들겨 맞던 그
점심시간이 되자 홀로 버려졌다.
침묵 속에서 매질하던 이들은
허기를 채우러 갔고
홀로 남은 그
피 냄새로 얼룩진 방까지 치밀하게 파고드는
짜장면 냄새에 또다시 살고 싶어졌다고 한다.
배부른 그들이
더욱 단단해진 몽둥이를 휘둘러 대도
희미한 의식 속에서
그는 웃었다.
환영의 나무들이 잔가지를 뻗어
혼탁해진 뇌수를 휘젓고
고통에 길들여진 감각을 예리하게 깎아
그의 몸은 그렇게 흘러왔다.
차들이 엉키고 뒤섞여 지나는 길가
이 층인지 삼 층인지 알 수 없는 곳에서 그는
날마다 짜장면을 시켜 먹으며
짜장면 면발 같은 시를 뽑아낸다고 하지.

깃털을 단 시간은

돌아오지 않는다지.

생生

낡아 비 내리는 흑백필름
목 떨어진 인형
젖은 아스팔트에 붙어버린
얼룩 고양이 시체

어느 날, 문득

그는 전기공사에 다녔어. 하루 종일 전봇대에 매미처럼 붙어있어야 했지. 한동안 현기증에 시달리다가 결국 전봇대에서 커피도 마시고 음악도 듣고 그럴 정도가 됐어. 어느 날 첼로 연주가 감미로웠고 매달린 채 작업하는데 건너편 이층집, 담쟁이가 벽을 잠식해서 페인트가 무슨 색인지 감별할 수 없게 된 오래된 건물 이층집이 눈에 들어왔어. 열린 창으로 속옷만 입은 여자가 왔다 갔다 했지. 그러다 검은 옷의 남자가 나타나 여자를 칼로 찔렀어. 그는 순간 손을 놓칠 뻔했지. 아래층 화장실 변기에 앉아 한참을 생각했어. 여러 가지 번거로운 일들에 대해 경찰서에 가서 증인을 서고 그러다가 남의 집을 왜 엿보았냐고 하면 관음증이라고 하면 그동안 얼마나 많은 여자들을 봤냐고 하면 그는 식은땀을 흘렸어. 손이 벌벌 떨렸어. 한동안 앉아있었는데 앰뷸런스 소리나 경찰차 소리 등등이 들리지 않았어. 그대로 돌아왔는데 뉴스에도 신문에도 기사가 실리지 않았어. 다음 날도 그다음 날도 동네는 조용했어. 그는 다시 매미처럼 전봇대를 타고 올라갔어. 이층집 창은 닫혀 있었고 동네는 조용했어. 첼로 연주가 들렸어. 그는 전봇대에 붙어서 커피를 마셔.

저 먼 그곳

아시안게임에서 금메달을 땄다는 곰처럼 커다란 복서는 파란 수의를 입고 아버지 장례식에 왔다. 꺽꺽 우는 그의 옷이 무슨 옷인지도 모르고 쪽빛이 아름답다고 생각했다. 그의 아내는 질투에 타올라서 그가 사랑한 여자의 갈비뼈를 뜯으며 밤마다 주문을 외웠다. 칼날 같은 주문이 끝나자 여자는 벼랑에서 떨어졌다. 건조기에 돌린 것처럼 바스라졌다. 아내는 곰 같은 남편에게 수의를 입혔다. 여럿이 쓰는 유치장도 혼자 쓸 수밖에 없었다는 복서는 밤마다 꺽꺽 울었고 부모도 없이 죽은 애인의 뼛가루를 세상에 뿌릴 수 없어 스스로 들이켰다. 밥도 먹지 않고 울다가 바람 빠진 풍선처럼 쪼그라들어 결국 기다란 그림자가 된 그는 감옥 벽면에 말라붙었다. 말라붙은 검은 그림자에 별빛이 반짝였다. 사람들은 그것이 아마도 애인의 몸이 아니었을까 수군거렸다. 세상은 지금도 사랑 노래를 많이 부르지만 그 끝이 어딘지 모른다. 산 중턱에 도라지꽃이 한창이다.

재회

비염으로 고생하던
주인아저씨가
시골에 맡긴 개를
몇 달 만에 만나러 왔다.
개가 오줌을 질질 싼다.
아저씨는 목이 메어
고개를 못 들고
개는 제 밥그릇이고
물그릇이고
다 엎어지는지 모르고
이리저리 뛴다.

낙엽

탈수된 시신을 손에 쥐었다.
그것은 소리를 지르며
손아귀에서 바스러졌다.

책

글자들로 이뤄진 세상에서
나는 하나의 글쇠에 불과했다.
자꾸만 닫히는 미로 같은 세계는
결코 햇빛을 보여 주지 않았다.
무지개를 인식하는 타자기는
타닥거리며 중력 없는 다리를 만들어냈다.
형체가 녹아가는 몸
당신을 기억하지 못한 채
버려지는 일생
글쇠들은 모두 부서져
심장에 박혔다.
나는 피를 철철 흘리며 울었다.
당신과 나는 기억에서 사라졌다.
존재의 궤적이 흐려졌다.

최면의 세상

해바라기는 얼굴에 씨방이 있기 때문에
어쩔 수 없이 눈이 시려도 해를 보는 것이다.
땀을 뻘뻘 흘리며
수없이 많은 씨를 품은 제 얼굴을 원망하면서
자기최면을 건다.
이게 사랑이야,
암 사랑이고말고.

밥도 쌀도 다 제 배 속에서 나온다.
똥으로 나오면 다시 쌀이 되고
오줌으로 나오면 다시 물이 되고
제가 먹고 제가 싸니 일타삼피.
생은 자기 최면이고
절망은 습관성.

골방에 쪼그리고 앉아
뜨개질하듯 여자는 스토리를 짠다.
번개탄 피우고 세상을 하직할까.
눈물 콧물로 혈서 같은 고백을 휘갈길까.
단물 빨린 생으로는

스토리를 완성할 수 없다.

한 송이 들꽃 같던 여자는
차츰 북어 대가리가 되어갔다.
꺼진 볼에 오만 잡것을 넣어도
부풀어 오르지 않았다.
마음을 빼앗겼던 족속들이
변해버린 모습을 보고
아뿔싸,
내뺄 때 꽁무니도 보이지 않았다고 한다.
세월은 배신자만 양성한다.

정교한 먹이사슬에 갇힌 이들은
장식된 조화처럼 먼지만 쌓이고
고추장 찍은 북어를 안주 삼아
술 한잔 기울이던 상위 포식자는
무한한 되돌이표를 지키려 들고

종점

거뭇거뭇 검버섯 핀
금 간 담벼락
그늘진 언덕배기 동네
귀퉁이를 돌아서는데
길 한가운데서
사내 하나가 어기적거린다.
화들짝 놀라
타이어가 타도록 브레이크를 밟는데
밀리터리룩 잠바
모자를 눌러쓴
구부정한 뒷모습
약이 올라
독 오른 뱀처럼 씩씩거리며
욕지거리를 씹다
스치며 힐끔 얼굴을 보니
흰수염고래처럼 주름진 뺨
햇반과 라면이 든 비닐봉지를 나눠 든
삭정이 같은 양손
내 마음을 굼실굼실 긁어 먹는다.
살금 도둑고양이처럼

클랙슨 위에 올린 손 내리고

행여 들킬세라

느리게

조용히 차를 뺐다.

그늘을 품은 꽃

하이힐을 신은 발뒤꿈치가 까져 피가 철철 흘러도 아랑곳없이 뛰어다니는 여자의 뒤에서 사람들은 쑥덕거렸다. 여자는 빙하처럼 쩍쩍 얼어붙는 가슴을 숨기고 있었다. 하루에도 열두 번 땅 밑으로 추락하는 마음을 붙들고 살자니 글썽거리는 눈은 늘 판다 같았다. 직원 식당 구석에서 구부정한 어깨를 더욱 구부려 밥상을 숨기고 소처럼 우걱우걱 풀만 씹어대는데 사람들은 스쳐 지나며 여자가 앉은 식탁을 툭툭 쳤다. 뭉개진 눈 화장을 고칠 겨를 없이 미친 듯 몰두하는 눈동자에 여자는 없었다. 계절이 수십 번 바뀌고 이팝꽃이 피었다. 세상을 밥으로 몰살시킬 듯 이팝꽃이 피었다. 삼키지 못하는 밥이 흐드러져 온 세상이 밥상이 되었다. 흐드러진 꽃이 아름답다고 말하지만 진정 그럴까. 휘몰아치는 고통에 뭉쳐지고 견디다 못해 벌어진 허기의 꽃. 배 속을 찌르는 허기보다 짙은 공허. 밥상을 차리지 못하는 여자는 건너편 그늘 밑에 서서 마른침을 꿀꺽 삼킨다.

제4부

무게

분명 앞을 향해 달려갔는데
무언가 발목을 잡아끌고 있었다.
그것은 떼어버릴 수도 없고
털어낼 수 없는 질긴 인연 같은 것,
아무도 묶어주지 않았으나
몸에 기생해서
마음을 빨아먹고 크는
형체도 없고
이름도 없는
하지만 가장 큰 자리를 차지하는
불가사의한 존재.
언젠가 나는 그것의 꽁무니를 잡아
질질 끌다가 내팽개쳤다.
그러자 그것이 스르르
넋 없이 숨 죽었는데
그러자 마음 한편이 아리고 쓰리고
눈물이 흘러내려 참을 수가 없었다.
나는 깨달았다.
중독된 내 삶을.

나

살아있는 것이 째깍거린다.
몸속에 들어있는 보이지 않는
시침, 분침, 초침
잠이 들면 나도 모르게
몸속에 든 시계가 시간을 만든다.
시간이라는 것이 원래
있지도 않은 것이고
내 시간과
네 시간이 다르고
각자의 시간이 다르므로
어떤 게 진짜인가 싶을 때가 있다.
시간을 잊지 못하는 유전자
숫자로 계산된 존재,
나선형으로 꼬인 기억의 틀
조각조각 흩어져 분자가 되고
살아있는 것들의 핏속으로 들어가고
결코 잊을 수 없는
나를 나라고 생각하는 것
먼 하늘을 돌고 돌아도
다시 나로 가는 것.

거울

바람이 윙윙 귓가에 맴돌아요. 당신이 가을 낙엽이 되어 바람에 쓸려 내 옆으로 와 앉아요. 오늘은 무얼 쓰느라 분주한지 궁금한가 봐요. 당신은 나도 되고 당신도 되는 불멸의 존재예요. 누군가 먼지 속에서 춤을 추고 있어요. 사람이 죽으면 그가 만든 요리를 먹을 수 없다는 게 너무 슬프죠. 찌개를 끓일 때마다 자신의 각질을 조금씩 잘라 넣었다는 사람의 피 맛을 본 후 모든 게 시들해졌어요. 세상은 나를 비추고 있어요. 우리 모두 조금씩 살생을 해요. 식물의 몸뚱이를 잘근잘근 씹어요. 현기증 나도록 무서워요. 언뜻 보이는 내 모습이 살겠다고 무언가 우걱우걱 입속에 밀어 넣고 있어요. 당신 옆에 딱 붙어서 모든 걸 잊고 싶었는데 당신은 흰 옷자락 펄럭이며 세상 속으로 들어갔어요. 아버지가 수치스럽다고 뼈만 남도록 아프리카에서 광적인 햇빛에 몸을 말린 여배우가 말하기를 사회는 평등할 수 없다고. 건조한 머리카락에서 뚝뚝 떨어진 소금이 바다를 이루어요. 문을 닫아요. 그러면 천국이 보여요.

모서리

탁자 모서리를 만지자
고양이 한 마리가 튀어나왔다.
흰 바탕 검정 무늬
아니 검정 바탕에 흰무늬인가.
황급히 달아났다.
달아난 틈으로 다음 골목이 보였다.
말라붙은 갈대숲에 휘파람새가 날았다.
입에 쓰레기봉투를 물고
달아나는 저 고양이처럼
힘겨운 생을 입에 물고 휘휘 젓는 것
그렇게 매달리는 것.
거미줄에 매달려 생을 마감한
날벌레의 궁둥이처럼
말라비틀어지고
검은 레이스 치마를 입은 여자가 지나가고
어색한 단발머리의 남자가 지나가고
모서리에 앉지 말라고
주의를 주던 어른들은
모서리의 의미를 알지 못했을 것이다.
엘리베이터 거울 속

스스로 모서리가 돌아가는

끊임없는 프랙털

미로의 세계

모서리는 자꾸 어루만지면

닳아져 원이 되므로

잠

그대가 잠들었을 때
별도 되고 꽃도 되어요.
날개가 돋아나 훨훨 날기도 해요.
낯선 사람과 사랑하고
울면서 이별해요.
그대가 없는 나는 그대일까요, 나일까요.
몸이 죽어 흙으로 돌아가면
내가 남아있을지 그게 의문이에요.
반딧불과 숲을 헤맬까요.
구름과 바람 속에 흡수될까요.
내가 없는 세상은 세상일까요.
낮도깨비처럼 모두 흩어질까요.
그래도 그대와 함께여서
참 좋았어요.
진심으로 안녕.

길 건너 이발소

골목 들어서기 전 이발소
하늘을 오려 붙인 창
이발소에 걸린 음습한 숲
삼차원적으로 꼬리를 비튼
잔혹하게 선명한 눈동자의 금붕어
홀로 어른거리는 비어있는 이발소
유전자 정보가 보존된 각질을 바른 채 쉬고 있는 면도날
홀로 어른거리는 이발소
유전자 정보가 보존된 면도날
아저씨,
면도하다 귀 자르지 마세요.
햇빛에 번뜩이는 칼날을 본다.
파랗게 깎인 얼굴을 어루만지며
도로를 가로지르는 남자
그는 깎아놓은 얼굴 속에 갇혔다.

간단한 식사를 위한 간편한 레시피

시장에서 감자와 양파와 호박을 샀습니다.

굶주린 파도가 밀려옵니다.

도마 위에 누운 감자와 양파와 호박이 몸을 맡기고 처분을 바랍니다.

당신은 흰모래 위에 발자국을 찍습니다.

감자와 양파와 호박의 몸을 반으로 조각냅니다.

어지러운 발자국들이 파도에 밀려갑니다.

감자와 양파와 호박은 비명을 지릅니다.

당신의 검은 눈동자는 내 입술을 바라봅니다.

투명한 흰 핏물이 낡은 도마 위를 어지럽힙니다.

희고 가는 손가락은 바다 끝을 가리킵니다.

감자와 양파와 호박은 잘게 다져집니다.

가고 싶어 네가 보이지 않는 곳으로

감자와 양파와 호박의 형체가 보이지 않도록

네가 나를 찾지 못하도록

감자와 양파와 호박과 당신이 함께 펄펄 끓는 물속으로

풍덩 들어갑니다.

흔적도 없이 뭉그러지는 당신과 감자와 양파와 호박을 들여다보며

식은 커피를 한 모금 들이켭니다.

당신과 감자와 양파와 호박은 진정 한 몸이 되었나요.
한 끼 식사로 당신과 감자와 양파와 호박은
내 배 속의 끈질긴 허기를 지울 수 있을까요.

멍게

시장 바닥에 앉아
던져진 폭발물
숨 고르는 덩어리를 본다.
그것은 아마도
몸 전체 하나일 것이다.
오!
터질 듯하지만
터지지 못하는 그것은
장마철 하늘처럼
하고픈 말을 다 하지 못한 그것은
발길을 마비시킨다.
그 상태로 물건이 된다면
얼마나 더디게 시간이 흐를 것인가.
무덤도 없이 떠도는 새들도
지껄인 말들이 쏟아지는 것을 본다.
구름이 흐르는 것을 본다.
파도가
물고기들의 안부가
부풀어 오른 심장 덩어리 속에
다 살고 있다, 한다.

불안의 유희

그 자식은 입속에 손가락을 넣어 헤집더니 사탕을 꺼내 자기 입속에 넣었다. 나는 눈만 끔뻑거렸다. 하지만 오랫동안 입이 근질거려 살 수가 없었다. 파리똥이 흘러내리는 올리비아 핫세 얼굴이 걸려 있던 술집에 앉아있는데 대리석에 그려진 무늬가 사람 개 나무 벌레 갖가지 형상으로 번졌다. 그림은 마술처럼 새로운 세계를 빨아들였다. 잉크가 번져나가는 벌판 세워놓은 촛대, 동그라미와 공과 귤 한 개, 파도에 휩쓸리는

그 자식은 즐거운 일이 없다고 가위바위보를 해서 뺨 때리기를 하자고 했다. 불안이 생을 집어삼켰다. 죽은 줄 알았던 엄마가 어딘가 살면서 배다른 자식들을 낳았다는 풍문을 듣고 하루 종일 낄낄거리던 그놈. 눈물로 번진 그림, 실패한 그림, 실패한 꿈, 미묘하게 흐르는 알약들. 아무것도 남은 게 없는 배 갈라봤자 내장도 없이 다 녹아 없어졌어. 길 한가운데서 소리 지르는 그 자식을 넋 놓고 바라보았다.

어느 날 나는 울었다. 스물네 살에 달리는 차에 몸을 날려 산산이 흩어진 몸통을 생각하며 울었다. 죽기 전 수화기 너머로 들리던 찰진 욕지거리를 생각하며 울었다. 총무과 여직원들이 다 돌려 읽던, 짜장면을 사줘서 고맙다는 그 자식이 보낸 엽서를 수없이 읽으며 울었다.

추억

역 앞 다방은 자정에 문을 닫았다.
뽑아놓은 커피 냄새가 골목에 가득했다.
만날 수 없는 사람
갈 수 없이 먼 곳
뜨지 못하던 역 광장
서성대던 밤하늘
눈발은 퍼붓는데
보고 싶은 사람이
내 앞에 선 것처럼
냄새는 쓸쓸한 어깨를 어루만졌다.

링거 줄을 타고 흐르는 수액이
남은 목숨만큼 떨어지는
아득히 멀어지는 순간에
발목을 붙잡는 것이 있다.
그것은 가족도
욕망도 아닌
시린 어깨를 어루만지던 냄새.
죽음의 터널에서 나를 잡는다.

나는 다시 돌아갔다.

뇌세포 하나하나가 다 기억하는 감각

세상을 다시 살기 위해.

비 오는 첫눈집

콩꼬투리
멸치
당근 조각
그리고
번데기.
취한 정신으로
그것들을 보자니
하나같이 서글프다.
콩이란 년은
포대기에 아가들을 싼 채로 잃어버렸지,
멸치란 놈은
집에 가고 싶다고 소리 지르다
입을 쩍 벌린 채 말라비틀어졌고
당근은 부끄러운 채
몸이 조각조각 잘렸지.
마지막으로
번데기는
날개 한 번 펴보지 못하고
집 속에 숨어있다
알까기 당해서

간장 국물에 폭폭 삶아져서
내 앞에 놓여 있다.

비는 내리는데
모든 밥상이
눈물이다.

틀

사람이 죽으면
어디론가 갈 수 있다는 것은
새로운 나라를 생성해 내는 것이다.

떠도는 날벌레를 가두는 허공
행선지가 없는 유령처럼
나약하게 묶인 그것은
바들바들 떨면서도
자리를 뜨지 못한다.
마주친 눈
어쩌면 그리도 야비하게
작게 몰린 눈동자
요리조리 왔다 갔다 갈팡질팡한다.
어쩌면 그것은 나일지도
아니, 그것은
모두의 이미지일지도

헛된 말줄임표
말줄임표가 가득 찬
더러운 종말

마음속에 수십 번 되새긴 말도
혀 밑에 녹이고
싸대기 후려갈기는 동작은
마음속에 숨기고
고개를 잔뜩 수그려야
요리조리 왔다 갔다 갈팡질팡하는
눈동자가 보이지 않으므로
내장 밑바닥에 찬 욕설 뱉으며
마시는 자판기 커피
종이컵 밑에 눌어붙은
설탕 찌꺼기 같은 생
눌어붙어서라도 과연
살아남을 가치가 있는 것인지.

양식

점심 먹고
커피 마시고 있는데
대낮에 도둑놈이 급습을 했다.
뒷덜미에 칼날이 닿고
모골이 송연하고
정신이 아득해지는 순간

느닷없이 어릴 때
겨울마다 따뜻이 몸 데워주던
병 우유가 생각나는 것이다.
강낭콩이 들었던 급식 빵,
양은 도시락 뚜껑에 굳던 탈지분유

눈물이 쏟아졌다.
왜 그런지는 모르겠으나
사람은 공포스러운 순간도
지나갈 시간이라는 것을 깨닫는다.
그리고 살기 위해
그리운 맛이 떠오른다.

나는 그때
다 살았다.
그래서 이후 삶은 보너스다.

B의 화실

화상 입은 살갗이 드러난 벽. 곰팡이를 뜯어 먹고 연명하는 생, 꿈같은 눈동자. 지포라이터 심지처럼 빳빳이 굳은 몸. 침묵을 음악 삼아 먼지 쌓인 마룻바닥에서 춤을 추었지. 피어오른 먼지 속에 굶주린 새는 말라갔어. 햇살이 벽에 점을 찍으며 굼실굼실 기어가는 여름날. 해바라기가 시들어 흘러내리는 화실. 거미는 천장 여기저기서 축축 늘어지고. 개어놓은 과슈가 뒤섞이더니. 너의 절망은 바다보다 깊었을까. 오래전에 걸어놓은 꿈은 빛바랬지. 불나방처럼 뛰어들어서 몸이 타들어 가고 펑 터지고 결국 빛 속으로 빨려 들어간. 존재는 아무것도 아닌가 봐. 마음이 먹어치워. 몸도, 추억도, 고통마저도

해 설

내 마음을 가로지르는 타자의 목소리

—윤수하 시 읽기

오홍진(문학평론가)

윤수하 시는 우리 생生을 가로지르는 불가해한 흔적들과 마주하고 있다. 흔적은 언어로 표현하기 힘든 잉여를 내포하고 있다. 시(인)는 무엇보다 언어 바깥에 있는 잉여에 관심을 둔다. 시 언어가 왜 일상 언어와 다르겠는가? 일상 언어는 정보 전달에 치중한다. 의사를 전달하는 게 일상 언어의 기능이다. 하지만 시 언어는 일상 언어를 통해 일상 언어의 바깥으로 나아간다. 이를테면 「자장가」라는 시에서 시인은 "내 몸이 내 것일 때"와 "내 몸이 내 것이 아닐 때"를 구분하고 있다. 이를 삶과 죽음으로 에둘러 표현해도 좋다. "내 몸이 내 것일 때" 시인은 "몸이 기억할 수 있는 모든 사물을 흡수한다"라고 쓰고 있다. 기억이란 살아있는 자의 기억을 가리킨다. 죽은 자는 기억할 수 없다. 죽은 자는 다만 기억될 뿐이다. "내 몸이 내 것이 아닐 때/ 몸은 기억나는 사물들 틈으로 스스럼없이 스며들 것"이라는 구절은 기억에 새겨진 이러한 문맥과 무관하지 않을 것이다.

중요한 것은 다른 대상으로 전이된 존재가 "다시 집으로 돌아오기도 할 것이다"라고 시인이 언급하는 대목에 있다. 죽은 존재는 다시 이곳으로 돌아오기 위해 끊임없이 다른 대상으로 변신한다. 왜 그(녀)는 이곳으로 돌아오는 것일까? "뜨거운 사랑"을 시인은 말하고 있다. "돌나무바람햇빛물결"과 어울려 이 세상에 돌아온 자는 "내가 낳은 아이가 아이를 낳고 그 아이가 또 아이를 낳고 또 낳은 아이가 아이를 또 낳고 그 아이가 아이를 또 낳을 때까지" 변함없이 이곳에 있을 거라고 다짐한다. 죽음과 삶이 교차하는 지점은 생명이 또 다른 생명을 낳는 자연에서 뻗어 나온다. '나'는 사라지는 게 아니라 내가 낳은 '또 다른 나'로 달라질 뿐이다. 이런 현상을 '복제'라는 말로 얼버무리지는 말자. 이것은 복제가 아니다. 생명이 생명을 낳는 자연은 인공으로 이루어지는 복제와는 상관이 없다. 생명과 복제를 가르는 경계를 시인은 생명에서 생명으로 이어지는 고유의 '기억'에서 찾고 있는 셈이다.

'자장가'라는 제목으로 시인이 펼쳐낸 세계는 어머니의 소리가 아이 몸에 감각으로 새겨지는 순간과 긴밀하게 이어져 있다. 어머니가 부르는 자장가를 들으며 아기는 그 순간을 무의식에 새긴다. 평상시에는 무의식에 가라앉은 이 기억이 일상을 깨뜨리는 순간이 오면 어김없이 의식 위로 떠오른다. 시인은 그 순간을 '죽음'으로 보고 있다. 죽음만큼 존재의 일상을 깨뜨리는 일이 있을까? 「무게」에서 시인은 그것을 "떼어버릴 수도 없고/ 털어낼 수 없는 질긴 인연 같은 것"이라고 표현한다. 형체도 없고 이름도 없는 이 불가사의한 존재에 우리는 이미 중독되어 있다. "중독된 내 삶을"이라는 시구에 드러나는 대로, 시인은 불가사의한 인연 줄에 얽매인 채 이루어지는 생명의 삶을 이야기한다. 윤수하 시는 무엇보다 형체와 이름이 없는 존재를 향한 하염없는 열망에서 비롯된다고 보면 좋겠다.

어릴 때 가끔 콘크리트 하수관에
웅크려있곤 했다.
그곳은 태어난 자궁 속처럼 따뜻했다.
내 숨소리만이 들려
진정 살아있음을 느끼는 그곳
도둑고양이처럼 몸을 웅크리고
동그랗게 오려진 하늘과 숲 사이
흐르는 바람을 보았다.
형체가 없어도
나뭇잎을 일그러뜨리는 바람은
골고루 새들의 비명을 뿌려놓았다.

저승으로 넘어가는 순간
돌아가신 어머니께 등 떠밀려
다시 돌아왔다는 자가 말하길
천국이 환한 빛으로 이뤄졌다고 한다.
하지만 아마도 그것은

수억 수백억 수천억 모여 입체를 이룬 몸이
분해되어 흩어지기 전
베푸는 배려
마지막 감각의 향연일 것이다.

흙 위에 손대면 느껴지는 맥박
땅은 나와 연결된 지도
삶과 죽음의 통로를 통해 세포는
별처럼 하늘에 뿌려진다.
형체를 잃고 흩어진 몸은
우주 어딘가 뿌리를 내려
새로운 몸을 이루고 산다.

—「통로」 전문

시인은 콘크리트 하수관에 웅크려있던 어린 시절의 추억을 불러내고 있다. "그곳은 태어난 자궁처럼 따뜻했다"는 구절에 나타나는 바, 시인은 추억 속에서 살아있음을 느낀다. 형체가 없는 바람이 뿌려놓은 "새들의 비명을" 들으며 편안함을 느끼는 이 존재를 우리는 어떻게 받아들여야 할까? 콘크리트 하수관은 이승과 저승의 경계에 놓여 있다. 이승과 저승 양쪽에 발을 딛는 상황이 과연 가능할까? 이 질문은 우문愚問인지도 모른다. 우리는 '현실'을 얘기하고 있는 게 아니기 때문이다. 시인은 지금 이승과 저승의 경계라는 '가상'에 있다. 가상 속에서는 상상하는 모든 일이 이루어진다. 살아있는 생명은 이승에서 저승으로 옮겨갈 수 없다. 하지만 가상 속에 있는 존재는 살아있는 상태로 저승을 느낄 수 있다. "마지막 감각의 향연"은 죽음과 마주한 생명이 느끼는 최초의 감각과 다르지 않다.

시인이 왜 "새로운 몸"을 말하고 있겠는가? "형체를 잃고 흩어진 몸은/ 우주 어딘가 뿌리를 내려/ 새로운 몸을 이루고 산다"고 시인은 쓴다. 형체를 잃고 우주에 흩어진 몸 기운으로 하여 삶과 죽음이 이어진다. 우주에 흩어진 기운이 다시 모이면 새로운 몸이 만들어진다. '통로'는 그 기운이 모였다 흩어지는 순간을 기록하는 장소이다. 「추억」이라는 시를 참조한다면, 이 통로는 우리가 사는 이 공간을 다양한 감각으로 채우고 있다. 시인은 "죽음의 터널에서 나를 잡는" 건 바로 이 감각(「추억」에서는 '냄새'로 드러난다)이라고 강조한다. 가족 이전에, 욕망 이전에 감각이 있다. "뇌세포 하나하나가 다 기억하는 감각"으로 하여 "나는 다시 돌아갔다"는 표현이 가능해진다. 이승과 저승을 연결하는 통로는 '관념'이 아니다. 우리가 꿈꾸는 가상은 감각이라는 수많은 세포들로 이어져 있다.

감각은 문명과는 다른 곳에 위치한다. 「체취」에 표현되듯 들짐승은 문명의 냄새를 귀신같이 맡는다. 사냥을 하기 전 사냥꾼들이 왜 "달포 넘게 비누도 치약도 쓰지" 않겠는가? 문명의 흔적을 지우기 위해서이다. 문명의 흔적을 지운다는 건 달리 말하면 자연과 비슷한 상태로 돌아가는 걸 의미한다. 들짐승을 잡으려면 들짐승이 되어야 한다. 사냥을 하는 사냥꾼은 동물이 되어야 한다는 얘기다. 정확히 말하면 동물-되기에 성공한 존재만이 들짐승을 잡을 수 있다. "얻기 위해서 오로지/ 그것이 되어야 한다"는 이 시의 결구는 짐승이 '되어야' 짐승을 잡는 자연 이치를 분명히 드러내고 있다. 체취는 자연을 정복(?)한 인간이라고 해도 피할 수 없는 '자연'의 잉여와 같다. 묘하지 않은가? 인간이 자연을 정복했다고 외치는 바로 그 순간에 자연은 감각으로 인간을 제 몸속으로 끌어들인다.

햇빛을 받은 먼지가
환영처럼 날리는 모서리 벽면에
커다란 그림이 걸려 있었어.
시간에 갇힌 듯
주렁주렁 달린 거미줄
겨울 늪을 닮은 잿빛 눈동자가
잠깐 반짝였지.
햇빛은 고요히 물결치는
끈끈한 점액질처럼
틀에 갇혀 출렁거렸고
열대어처럼 파닥이는 몸이
잠깐 살아있는 듯했어.
벌어진 빨간 블라우스
야릇한 포즈로 다리를 들어 올려
스타킹 윗부분 살이 드러난 채
누군가를 향해
웃을 듯 말 듯한 그 표정은 마치
오래 고여 썩어가는 물처럼

다 준 것 같지만
모자란 것 같은 마음이 실은
원래 내 것이 아니었기 때문.
자꾸만 밀어내고
기억을 없애고 싶어도
잠식하는 바이러스처럼
몸이라는 공간은 흔적을 기억해.
그 여자 이름이 발리라던가.

—「흔적은 기억해」 전문

감성으로 동일화할 수 없는 자리에 감각이 있다. 갓 태어난 아기에게 어머니가 들려주는 노래는 감성일까, 감각일까? 아기는 온몸으로 숨을 쉬며 그 노래, 정확히 말하면 그 소리를 듣는다. 당연한 말이지만 어머니가 부르는 노래=소리를 아이는 감성이 아니라 감각으로 받아들인다. 아기는 다만 온몸으로 그 소리를 들을 뿐이기 때문이다. 감성의 이면에 드리워진 이성은 애초부터 감각을 배제해 버린다. 아기가 몸으로 기억하는 어머니의 노래=소리는 이렇게 감성을 넘은 감각이 되어 이 세상으로 다시 돌아온다. 그러니 거기에 의미를 부여하는 일은 얼마나 부질없는 짓인가? 위 시에 표현된 대로 "기억을 없애고 싶어도/ 잠식하는 바이러스처럼" 감각은 온몸에 퍼져있다. "흔적은 기억해"라는 이 시의 제목은 감각에 지배된 우리 몸을 에둘러 나타낸다. 우리 몸은 말 그대로 감각의 덩어리이다.

이성을 중시하는 인간은 감성으로 이러한 감각의 덩어리

에 형체를 부여한다. 창조주로서 인간이 자연 위에 서는 순간 인간이 자연과 하나가 되는 감각을 잃는 이유는 여기에 있다. 동일화가 불가능한 흔적은 무의식의 지대로 내쫓긴다. 무의식의 지대는 그러므로 무한한 흔적들로 이루어져 있다. 이성의 힘이 광포해질수록 무의식을 구성하는 흔적들 또한 광포해질 수밖에 없다. 자연이 문명을 향해 펼치는 복수들을 생각해 보라. 하긴 '자연의 복수'라는 말은 얼토당토않다. 자연은 받은 만큼 인간에게 되돌려 줄 뿐이다. 인간이 자연에 던진 부메랑이 인간을 향해 돌아오는 격이라고나 할까? 돌아온 부메랑을 인간은 과연 잡을 수 있을까? 윤수하는 바이러스처럼 우리 몸을 휘감고 있는 이 흔적들을 이미지로 표현한다. 무의식은 이미지로만 구현된다. 가상이지만 현실과 이어져 있는 이미지.

당신은 허공, 우울한 내 기억에 총탄을 쏜다. 눈부신 환상 속에서 섬광 같은 옷자락을 본다. 망각의 바다 어딘가 가느다란 실낱같은 기억들이 핏줄 속에 숨어있다가 토마토가 열린다. 두근거리는 토마토는 바다를 품고 있다. 당신은 어디에도 없다. 바다는 깊이를 알 수 없이 짙푸르게 출렁거린다. 해가 지자 붉은 노을이 바다 위를 뒤덮는다. 당신은 멀리 있고 나는 당신을 만난 적이 없다. 나는 동그란 흉터를 품고 산다. 눈물이 가슴에 떨어져 칙칙 소리를 내며 불탄다. 빙산과 같은 마음은 결코 녹지 않는다. 파란 나비들이 날자 해가 진다. 붉은빛은 검푸른 바다를 덮친다. 사람은 파란 핏줄 속에 붉은 피를 담고 있다. 하지만 마음은 몸 속 어디에도 없다. 바다와 해가 섞이자 보랏빛 세상이 되었다. 피는 몸속을 떠돌다 다시 세상을 떠돈다. 당신을 잃고 싶지 않다. 나는 태어난 적도 없다. 죽지도 않을 것이다.

—「떠도는 피」 전문

무의식의 지대는 통제되지 않는 감각들로 널려 있다. 거기에 의미를 부여하는 순간 그것은 흔적처럼 어딘가로 날아가 버린다. 무의식으로 들어가려면 어떻게 해야 할까? 시인은 "우울한 내 기억에 총탄을 쏜다". 우울한 기억에는 이미 의미가 부여되어 있다. '우울'이라는 말 자체에 의미가 들어가 있지 않은가? 우울한 기억에 총을 쏘는 행위는 그러므로 누군가가 기억에 새긴 의미를 파괴하는 일과 다르지 않다. "눈부신 환상 속에서 섬광 같은 옷자락을" 보는 존재는 이렇게 죽음을 건너뛰어 무의식 세계로 들어선다. 죽은 자의 시선으로 바라보는 망각의 바다는 어떨까? 시인은 망각의 바다 어딘가에서 실낱같이 열리는 기억들을 이야기한다. "기억들이 핏줄 속에 숨어있다가 토마토가 열린다". 토마토는 기억이고 바다이다. "바다는 깊이를 알 수 없이 짙푸르게 출렁거린다".

무언가가 있지만 기억하는 주체는 아무것도 볼 수 없다. 깊이를 헤아리면 무한한 깊이가 열린다. 당신이 가까이 있어도, 멀리 있어도 "나는 당신을 만난 적이 없다". 그럴 수밖에 없지 않은가? 깊이가 없는 세계에는 아무것도 없다.

아무것도 없는 세계에서 어떻게 당신을 볼 수 있겠는가? 하지만 아무것도 없는 그 세계에서 시인은 '감각'으로 무언가를 느끼고 있다. 무의식의 바다를 떠다니는 감각의 덩어리들이 "떠도는 피"가 되어 몸속에서 요동치고 있다. "나는 동그란 흉터를 품고 산다"고 시인은 고백한다. 흉터는 하나이면서 전부이다. 흉터에도 당연히 깊이가 있을 수 없다. 무한이라고 표현하면 어떨까? "나는 태어난 적도 없다. 죽지도 않을 것이다"라는 구절에 무한으로 흐르는 무의식 세계의 시적 맥락이 담겨 있다.

「물들다」라는 시를 보면 잃어버린 것을 찾으러 역 앞으로 간 인물이 나온다. 그곳에서 '나'는 "맑은 날씨에 아무렇게나 접은 우산을 든 소녀가 파르르 떨고" 있는 장면을 목격한다. 소녀 옆에는 얼굴이 파랗게 질린 남자도 서 있다. 어찌할 줄 모르고 '나'는 소녀와 남자의 얼굴을 가만히 들여다본다. 공포에 질린 얼굴로 그들은 "괜찮냐는 내 목소리"를 듣지 못한다. 공포는 생명체의 본능이다. 살기 위해 생명체는 공포에 잠겨 몸을 떤다. 소녀와 남자에게 '나'는 공포의 대상일 뿐이다. 그런데 시인은 이 시에 묘한 반전을 배치하고 있다. 무당벌레 한 마리가 소녀의 얼굴에 붙었다가 날아오른다. "벌레가 날아오르자 소녀는 작고 빨갛게 반짝거리는 신호를 따라"간다. 시인은 이 상황을 "본능이 살아날 때 비로소 색은 제자리를 찾아가"라는 진술로 표현하고 있다. 감성의 저편에 본능을 동반한 감각이 있다는 의미로 이 진술을 풀어내면 어떨까?

책 틈에 커피를 흘렸다.
온종일 그것을 닦느라 뒤졌다.
그러나 그림자처럼
어딘지 자꾸 스며들었다.
검은 방울은 흩어져 번식했다.
검고 기다란 다리를 휘휘 저어
수십 수백 마리의 똑같은 형상이
누워있는 내게로 모여들었다.
소리를 질렀지만
비명은 목구멍에 잠겨 나오지 않고
큰 놈이 선두 지휘하자
거미들은 구물구물
몸에 난 구멍으로 기어들었다.
깨어나도 여전히 선명한 기억
털어내기 위해 정신없이 달렸다.
물속에 빠지기도 했다.
그러나 어느 순간
지구의 숨소리가 들리기 시작했다.
지구의 공전을 듣는 것은 거미뿐
어쩐지 내가 사는 게 아니라
스며든 거미가 내 생을 사는 것 같지만 그래도
내 속에서 붕붕대는 똥파리를
투명한 투망으로 걸러내어
말려 죽일 것 같은 거미의 흡인력에
감탄하는 나는 그저 잉여에 불과했다.

—「몸속의 거미」 전문

책 틈에 스며든 커피를 닦아낼 수 있을까? 아무리 닦아도 그것은 그림자처럼 어딘가로 자꾸만 스며든다. 시인의 말마따나 "검은 방울은 흩어져 번식했다". 바이러스처럼 번진 커피 흔적은 "수십 수백 마리의 똑같은 형상이" 되어 "누워 있는 내게로 몰려들었다". 소리를 질러도 비명은 입 밖으로 나오지 않는다. 무의식의 공포에 휘감겼기 때문이다. 무의식에서 펼쳐지는 이미지는 우리를 공포로 몰아넣는다. 무의식에는 일상화되지 않은 흔적들이 부유하고 있다. 시인은 지금 무의식에서 뻗어 나온 거미들에게 둘러싸여 있다. "깨어나도 여전히 선명한 기억"이라는 시구에 암시된 대로, 무의식은 깨어있는 자의 의식을 조정하는 막강한 힘을 지니고 있기도 하다. 무의식에서 벗어나기 위해 시인은 정신없이 달리지만 항상 제자리를 맴돌고 있다는 걸 그는 곧바로 느낀다. 어떻게 해도 적응하기 힘든 그놈의 무의식이라니! 어떻게 하면 좋을까?

시인은 "어느 순간/ 지구의 숨소리가 들리기 시작했다"고 이야기한다. 지구의 숨소리는 어디서 들려오는 것일까? "지구의 공전을 듣는 것은 거미뿐"이라는 시구를 참조한다면, 지구의 숨소리는 거미와 연관되어 있는 게 분명하다. 지구의 숨소리를 들으려면 그러므로 거미의 숨소리를 들을 수 있는 능력 또한 있어야 한다. 어찌하면 거미의 숨소리를 들을 수 있을까? 거미에 대한 공포로부터 일단은 벗어나야 한다. 공포에서 벗어나라고? 그렇다. 거미를 피해 달아나봤자 피할 곳은 없다. 부처님 손바닥 안을 맴돈 손오공을 생각해 보라. 부처님 손바닥은 넓으면서 좁고, 좁으면서 넓다. 손오공이 부처님 손바닥을 벗어나려고 노력할수록 부처님 손바닥은 더욱더 넓어진다. 손오공이 부처님 손바닥을 받아들이지 않으면 어떻게 될까? 그는 무한한 공간을 떠돌며 공포에 빠질 수밖에 없다. 이리 보면 거미는 내 밖에 있는 타자가 아니다. '몸속의 거미'라는 시 제목처럼 거미는 내 안에 있다. 거미가 곧 나라는 깨우침은 "감탄하는 나는 그저 잉여에 불과했다"는 구절에서 분명히 나타난다고 하겠다.

몸속에 있는 거미는 사실 거미 속에 있는 몸으로 표현해도 무방하다. 내 몸속에 거미가 있듯 거미 몸속에도 내가 있다. 「모서리」에 드러나거니와, 우리가 사는 이 세상은 "끊임없는 프랙털/ 미로의 세계"로 되어있다. 우리는 보이는 것만으로 이 세상을 규정한다. 하지만 보이는 것 너머에는 헤아릴 수 없이 많은 보이지 않는 것들이 있다. 모서리의 이면에 원이 있고, 원의 이면에는 모서리가 있다. 내가 나를 나라고 생각할 때 나는 이미 타자가 되어버린다. 타자가 있어야 내가 있다는 말은 그 자체로 진실이다. 미로는 나와 타자가 나뉘는 세계와 비슷하다. 나와 타자가 구분되지 않는 세계에서는 뫼비우스의 띠로 연결된 미로가 있을 뿐이다. 그것은 미로지만 동시에 미로가 아니다. 나이면서 거미인 존재는 이렇게 모서리에서 튀어나온 "고양이 한 마리"가 되어 어딘가를 향해 황급히 달려가게 되는 셈이다.

집으로 돌아오는 골목에

살던 큰 개는
나만 보면 이빨을 드러내며 짖었어.
나는 죄도 없이
벌벌 떨면서 뛰다가
오줌 지리고는 했는데
아무에게도 말하지 못했어.
개는 알지도 못하는데
말하면 개가 물어뜯을 것 같았지.
오랫동안 악몽 속에 존재했지.
수십 번도 더 찌르는 상상을 했어.
어느 날 개가 그 자리에 없는 거야.
지나는 사람이 말했어.
개는 칼에 찔려 죽었다고.
그때부터 나는 찌르는 악몽에 시달렸어.
개보다 내가 더 무서웠어.

—「골목」 전문

무의식의 골목을 큰 개 한 마리가 지키고 있다. 저승문을 지키는 케르베로스가 생각나지 않는가? 죽어 저승으로 들어온 사람들을 향해 꼬리를 흔드는 케르베로스는 그 자체로 공포를 상징한다. 저승을 지키는 이 개를 죽이지 않는 한 누구도 저승을 벗어날 수 없다(헤라클레스는 살아있는 상태로 저승에 들어가기 위해 이 개를 죽였다). 집으로 돌아가는 골목에 자리하고 있는 큰 개는 "나만 보면 이빨을 드러내며" 짖는다. 나는 벌벌 떨기만 한다. 오줌까지 지릴 정도니 공포의 강도가 어느 정도인지 알 만하다. 그렇다고 나는 그 누구에게 이

얘기를 할 수도 없다. "말하면 개가 물어뜯을 것" 같은 공포감이 밀려오기 때문이다. 이럴 수도 저럴 수도 없다. 집에서 나오고 들어가는 일상은 계속되어야 하니 나에게 이 큰 개는 말 그대로 악몽이다. "수십 번도 더 찌르는 상상을 했어"라는 구절에 큰 개에게 쫓기는 존재의 고통이 제대로 표현되어 있다고 하겠다.

그런데, 어느 날 그 개가 사라졌다. 누군가가 휘두른 칼에 찔려 죽었단다. 드디어 나는 큰 개에 대한 공포로부터 해방된 것인가? "그때부터 나는 찌르는 악몽에 시달렸어"라고 시인은 쓰고 있다. "찌르는 악몽"은 무엇을 의미할까? 나는 수십 번도 더 큰 개를 찌르는 상상을 했다. 그만큼 큰 개에 대한 공포감이 컸다는 걸 의미한다. 큰 개에 비하면 나는 아주 사소한 존재이다. 상상 속에서는 큰 개를 수없이 칼로 찌를지 몰라도, 현실에서 나는 그 큰 개 앞에서 오줌을 지릴 뿐이었다. 이토록 공포를 준 개가 실제 현실에서 누군가에 의해 죽임을 당했다. 상상이 현실이 된 것이다. 무의식이 의식 속으로 밀려들어 온 형국이라고나 할까? 이 시에 등장하는 '나'는 지금 현실 속에서 무의식과 대면하고 있다. 큰 개가 사라진 자리를 무의식 속 대상들이 하나하나 채운다. 큰 개로 해서 유지되던 경계가 허물어져 버린 셈이다.

무의식 세계로 휩쓸린 나는 그때부터 "찌르는 악몽에" 시달린다. "개보다 내가 더 무서웠어"라는 결구로 시인은 무엇을 말하고 싶은 것일까? 큰 개가 지킨 골목을 이제는 스스로 지켜야 한다는 것일까? 경계가 허물어진 자리로 온갖 것들이 흘러들어 온다. 「거울」이란 시를 참조한다면, 무의식은 나를 비추는 거울과도 같다. 거울에 비친 나는 그러나 과연 '나'일까? 경계가 허물어진 세계에서 나를 비추는 거울이 무슨 소용이 있는가? "당신은 나도 되고 당신도 되는 불멸의 존재"라는 시구에 주목해 보자. 골목을 지키던 큰 개는 어찌 보면 나에게는 당신이었고, 동시에 거울이었는지도 모른다. 나는 내가 보고 싶은 모습만 거울에서 보려고 했다. 나는 거울을 보며, 달리 말하면 큰 개를 보며 '나는 나일 뿐'이라고 외쳤다. 내 안에 있는 큰 개를 칼로 찌르는 악몽은 결국 내 안의 타자를 거부하는 또 다른 악몽과 더불어 펼쳐진 것이다.

내가 내 안에 담겨 있을 때
나는 나를 볼 수 없다.
내가 볼 수 있는 것은 너
하늘과 산, 구름, 별, 바다,
커피 잔 속에 담긴 커피,
역사가 새겨진 책
스쳐 지나는 사람들의 미소
꽃들을 흔드는 바람의 여운
내 몸이 나일 때까지 보이는 것들
내가 물처럼 흘러가게 되면
그때부터 나는 네가 된다.
볼 수 있는 것에서
보여지는 것으로
그러므로 나는 내가 아닌

세상이 된다.

—「목숨」 전문

악몽은 무엇보다 내 안의 흔적을 인정하지 않는 데서 비롯된다. 내 안의 흔적은 '나'를 구성하는 타자들을 가리킨다. 수많은 타자들이 모여 '나'가 만들어진다. 시인은 내가 내 안에 갇혀 있을 때 "나는 나를 볼 수 없다"고 선언한다. 내 바깥으로 나가야 또 다른 '나'가 보인다. 시인은 하늘에서, 산에서, 구름에서 나를 본다. 별과 바다에서 나를 보고, 잔에 담긴 커피에서도 나를 본다. "스쳐 지나는 사람들의 미소"에도 내가 있다면, 나는 어디에나 있는 존재가 되어버린다. 봄에는 진달래꽃으로 피어나고 가을에는 단풍잎으로 변주된다. 눈에 보이는 것만 나이겠는가? 꽃잎을 흔드는 바람 속에도 내가 있다. 나는 나와 더불어 또 다른 나를 이룬다. 여기에도 저기에도 내가 있다. 정확히 말하면 여기저기에 내가 있고, 동시에 타자가 있다.

내가 흘러가는 길은 그러므로 타자가 흘러가는 길과 다르지 않다. "내 몸이 나일 때까지 보이는 것들"로 하여 '나'는 비로소 타자가 된다. 묘하지 않은가? 내 주변에 있는 '나들'이 모여 타자를 이룬다는 이 사실이. 달리 말하면 내 주변에 있는 타자들이 모여 '나'를 이룬다. 시인의 말마따나 "내가 물처럼 흘러가게 되면/ 그때부터 나는 네가 된다". 물처럼 흐르는 과정 속에서 나는 타자에게 '보이는' 대상이 된다. 내가 타자가 되는 순간으로 이를 표현하면 어떨까? "나는 내가 아닌/ 세상이 된다"는 구절로 시인은 이 시를 매듭짓는다. '목숨'이란 내가 이렇듯 세상이 되는 순간에 비로소 생성된다. 목숨은 이 세상 모든 생명들을 가리킨다. 자연을 지배하는 인간의 폭력성이 여기에는 부재하다. 물처럼 흐르는 목숨으로 시인은 우리가 이르러야 할 타자의 지점을 예시하고 있는 셈이다.

「마음」이라는 시에서 시인은 "내가 만들어지기 위해/ 수없이 많은 내가 세상을 살았다"고 이야기한다. 수없이 많은 나는 수없이 많은 타자와 다르지 않다. 수없이 많은 내가 만드는 '나'는 그러므로 수없이 많은 타자들로 만들어지는 '나'로 뻗어 나간다. '나'라는 말에는 이미 타자가 내포되어 있다. 하나의 '나'는 있을 수 없다. 꽃 한 송이가 피는 일로 시인은 나비 한 마리가 한 계절을 사는 일을 설명한다. 꽃이 피면 나비가 난다. 나비가 날면 꽃이 핀다고 해도 상관없다. 생명은 죽어서 다른 생명으로 끊임없이 이어진다. 그러니 "세상은 죽어도 끝이 아니다". 한 생명이 죽어 다른 생명을 낳으므로 우리는 끝이 곧 시작이 되는 세상을 살아갈 수밖에 없다. 자연은 수많은 생명을 낳았지만, 한편으로 자연은 그 생명들이 꼭 걸어가야 할 하나의 길을 만들기도 했다. 모든 생명은 태어나고 죽고 다시 태어나고 다시 죽는다. 말 그대로 반복이다.

윤수하는 끝없이 반복되는 생명의 순환과정을 시작詩作의 근거로 삼고 있다. 우리는 태어나는 순간 이러한 생명의 순환과정을 예외 없이 거치게 된다. 수많은 목숨들이 수

많은 목숨들을 만나 수많은 생을 이룬다. 어떻게 상처가 없고 흔적이 없을 수 있겠는가? 수많은 상처들과 흔적들이 모여 이룩되는 다채로운 생명 세계는 내가 곧 타자가 되는 어떤 세계를 직접적으로 보여준다. 악몽은 이러한 생명 세계가 무너질 때 우리네 마음을 휩쓸어버린다. 우리 안에는 수많은 흔적들이, 잉여들이 도사리고 있다. 그것을 인정하지 않으면 우리는 타자에 대한 공포에 빠져 악몽에 시달릴 수밖에 없다. 시인은 우리 안에 있는 그 타자를 '나'와 동등한 존재로 보려고 한다. 아니, 타자 속에서 '나'를 발견한다고 말하는 게 정확하겠다. 내 안의 흔적을 바탕으로 타자로 나아가는 길은 이렇게 윤수하가 추구하는 시 쓰기의 길이 된다. 그는 타자를 통해 수없이 많은 '나'가 존재하는 세계로 돌아오려고 한다. 하나로 환원되지 않는 타자, 혹은 하나로 환원되지 않는 '나'가 나타나는 지점에서 그의 시는 비로소 탄생하는 것이다.